Mi Primer libro de JARDINERÍA

EVEREST

"A mi abuela, mi madre y mi tía María
que me pegaron el gusanillo por las plantas"

**COORDINACIÓN EDITORIAL
DE LA COLECCIÓN**
José Cruz Rodríguez

TEXTO
Rocío Martínez Pérez

MAQUETACIÓN
Julio Antoñanzas

ILUSTRACIÓN
Rocío Martínez Pérez

© del texto, Rocío Martínez Pérez
© de las ilustraciones, Rocío Martínez Pérez
© de la presente edición,
EDITORIAL EVEREST, S. A.
Carretera León-La Coruña, km 5 - LEÓN
ISBN: 84-241-1212-1
Depósito legal: LE. 1109-1998
Printed in Spain - Impreso en España

EDITORIAL EVERGRÁFICAS, S. L.
Carretera León-La Coruña, km 5
LEÓN (España)

Mi Primer libro de
JARDINERÍA
EVEREST

EDITORIAL EVEREST, S. A.

Madrid • León • Barcelona • Sevilla • Granada • Valencia
Zaragoza • Las Palmas de Gran Canaria • La Coruña
Palma de Mallorca • Alicante • México • Lisboa

¡Hola!...

Estos personajes están aquí para ayudarte a conocer y cuidar tus plantas. Sigue sus consejos y lo que antes te podía parecer complicadísimo te resultará de lo más fácil. Ellos te explicarán paso a paso todo lo que hay que saber para conseguirlo. Usa lo que tienes a mano con tu imaginación y ¡recicla!

Nosotros sabemos cosas curiosas de las plantas, como su nombre en latín, sus variedades o el país donde nacieron sus abuelos.

Los "modistos" te enseñaremos con qué vestir a tus plantas, cómo hacerlas nacer y a cambiarles el vestido cuando se les queda pequeño.

Somos los "peluqueros". Desenredamos la melena de las plantas y se la cortamos. Así crecerán más fuertes y frondosas.

Somos los "cocineros" y sabemos cómo y cuándo dar de comer a tus plantas.

Los "exploradores" observamos las plantas por si vienen "visitantes" que no hemos invitado.

Somos los "enfermeros". Si metes la pata y tu planta se pone mala sabremos cómo arreglarlo.

Para que te sea más fácil entender nuestros consejos los vamos a dibujar así:

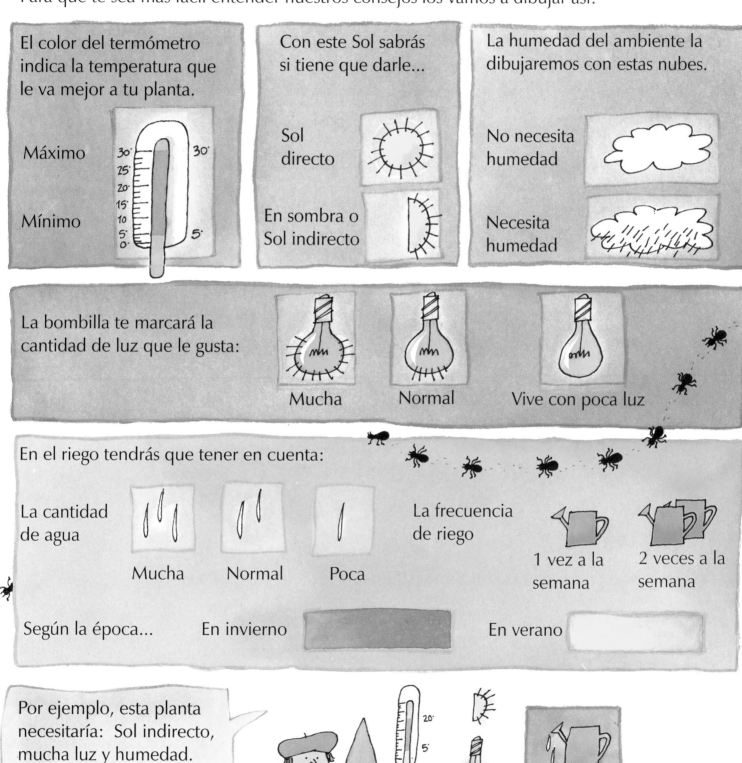

El color del termómetro indica la temperatura que le va mejor a tu planta.

Máximo

Mínimo

Con este Sol sabrás si tiene que darle...

Sol directo

En sombra o Sol indirecto

La humedad del ambiente la dibujaremos con estas nubes.

No necesita humedad

Necesita humedad

La bombilla te marcará la cantidad de luz que le gusta:

Mucha   Normal   Vive con poca luz

En el riego tendrás que tener en cuenta:

La cantidad de agua

Mucha   Normal   Poca

La frecuencia de riego

1 vez a la semana

2 veces a la semana

Según la época...   En invierno   En verano

Por ejemplo, esta planta necesitaría: Sol indirecto, mucha luz y humedad. En invierno, riego normal 1 vez por semana y en verano mucho riego, 2 veces por semana.

5

¿ Qué es una planta ?

Una planta es un ser vivo. Hace lo mismo que nosotros: nace, come, crece, se pone enferma, se reproduce y muere. Pero no puede moverse porque sus raíces la unen al suelo.

Cada planta tiene una forma distinta de vivir según el tipo de tierra, el tamaño, la temperatura...

Las plantas tienen tamaños distintos; desde los musgos (pocos centímetros) hasta los árboles (alcanzan varios metros).

Si no viven en un sitio que les guste las plantas pueden enfermar y morir.

Las plantas nacen de semillas, o de un trozo de la planta "madre" también llamado "esqueje".

Así se alimenta una planta:

1. Al regarla, el agua se une a los minerales de la tierra.

2. Sus raíces absorben el agua, que es transportada a las hojas.

3. Durante el día, la clorofila de las hojas absorbe la luz procedente del Sol. A su vez, el dióxido de carbono es captado por las hojas.

4. Todo junto se combina para producir oxígeno, que la planta expulsa durante la noche.

Hay plantas "herbáceas" (tallo blando) y "leñosas" (tallo duro).
Y plantas de "hoja perenne" (tienen hojas todo el año) y de "hoja caduca" (las hojas caen en otoño y nacen en primavera).

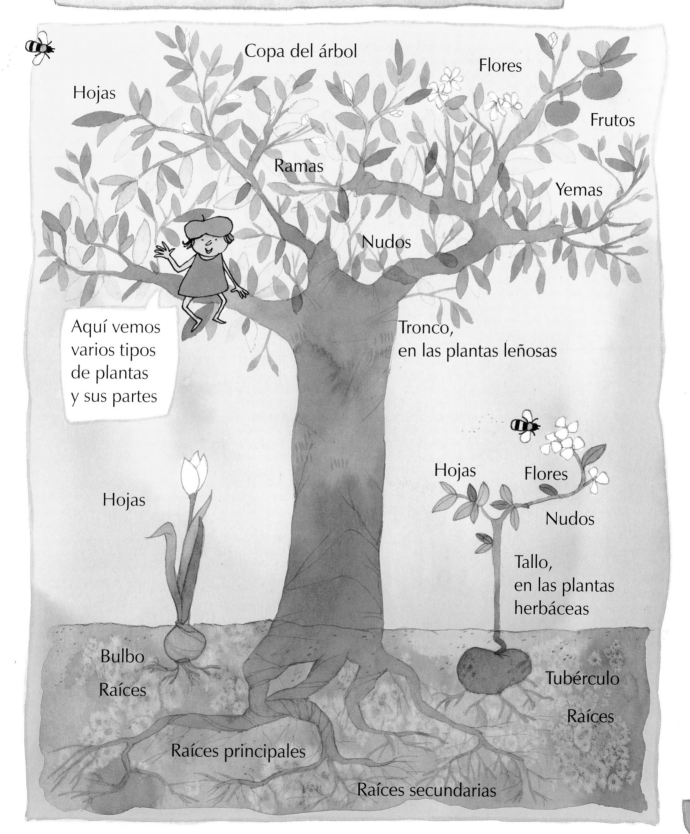

Copa del árbol

Flores

Hojas

Frutos

Ramas

Yemas

Nudos

Aquí vemos
varios tipos
de plantas
y sus partes

Tronco,
en las plantas leñosas

Hojas

Flores

Nudos

Hojas

Tallo,
en las plantas
herbáceas

Bulbo
Raíces

Tubérculo

Raíces

Raíces principales

Raíces secundarias

Cosas para cuidar mis plantas:

Un **cuaderno** y un **lápiz**, para apuntar lo que observes en tu planta o por si aprendes cosas nuevas sobre ella...

... un **calendario** para anotar lo que has hecho y cuándo (por ejemplo, en rojo), o lo que deberás hacer (por ejemplo, en azul)...

...consigue **tiras de plástico** para poner nombre a los tiestos.

Para alimentar tus plantas, haz una **regadera** (a una botella le ponemos plástico, con una goma, y lo agujereamos)...

... una **cuchara vieja** o una **cucharilla de jarabe o de papilla** servirá para medir la cantidad de abono a echar...

... un **pulverizador**...

...y un **vasito o jarrita** pequeña.

Ponte **guantes** para trasplantar y podar (de los que hay en casa para limpiar)...

...usa **tijeras de punta redonda** (después de cada uso límpialas bien, para que no se oxiden)...

...y una **bolsa** para desperdicios.

Una **cuchara grande** (para llenar las macetas de tierra)...

...un **cuchillo de plástico con punta redondeada**, de los de comer en el campo...

...**cordón suave** (por ejemplo, una hebra de lana)...

...una **caja de zapatos** para no llenar todo de tierra al plantar o trasplantar.

Para buscar los visitantes inesperados usa una **lupa** o un **espejo de aumento**...

...unas **pinzas** de coger sellos y **trocitos de plástico** trasparente (puedes poner ahí los "visitantes" para que en la floristería te digan cuáles son).

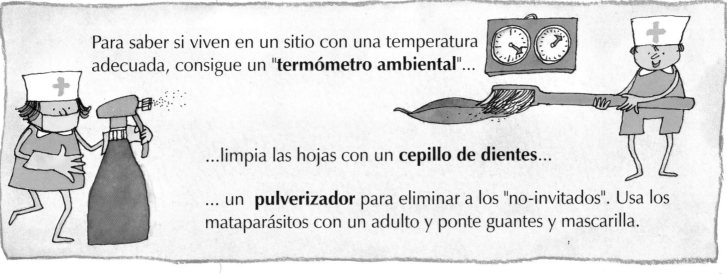

Para saber si viven en un sitio con una temperatura adecuada, consigue un "**termómetro ambiental**"...

...limpia las hojas con un **cepillo de dientes**...

... un **pulverizador** para eliminar a los "no-invitados". Usa los mataparásitos con un adulto y ponte guantes y mascarilla.

Cacharros para vestir mis plantas :

Para vestir las plantas, lo que más se usa es la maceta de plástico o de barro. Pero podemos usar la imaginación y poner otros cacharros.

Un vaso de cristal. Ten cuidado, si se rompe pueden estropearse las raíces y tú te puedes cortar.

Una caja de madera. Dale barniz para protegerla del agua.

Una cesta. Cúbrela con plástico o papel de aluminio para que no se salga la tierra y el agua.

Al elegir el recipiente para tu planta ten en cuenta su altura, y si sus tallos y hojas cuelgan (para que no se estropeen al doblarse).

Si sus raíces son muy profundas necesitará un recipiente grande y hondo. Si son superficiales, puede ser bajo pero más ancho.

Podemos cortar el fondo de una botella de refresco. También sirven los envases de postres y las latas de conservas si son de aluminio (¡pide a un adulto que lime los bordes afilados de las latas!).

Un plato viejo, una tapadera usada (de cualquier bote de conservas) o una bandeja de corcho (en las que venden la fruta del supermercado) servirán para recoger el agua que suelten al regar.

Las plantas tienen que expulsar el agua que no necesitan. Para ayudarlas, pide a un adulto que te haga un agujero en el fondo de los recipientes. Se llama "orificio de drenaje".

Algunas plantas pueden vivir en recipientes muy cerrados, sin agujeros, (por ejemplo en peceras o botellas). Son pequeños invernaderos.

Lo que sé para cuidar mis plantas :

Trasplantar es cambiar una planta de recipiente, bien porque necesita tierra nueva, bien porque ha crecido.

Debes renovar la tierra cada dos años.

Se suele trasplantar en primavera o verano, pero si es urgente el cambio, por ejemplo, si por el agujero del fondo le salen raíces, se puede hacer en otro momento.

Podar es cortar una parte de la planta para que se ponga más "guapa", o para que crezca de manera más ordenada.

La poda se realiza en distintas épocas del año. Cada planta tiene su momento.

Poda un poco las raíces cuando trasplantes, para que crezcan nuevas y se alimente mejor.

Debes podar los tallos cuando la planta crece "desordenada", si están muy largos por falta de luz, o ha estado enferma y se ha estropeado.

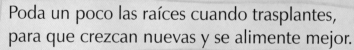

También si quieres que tenga más hojas y flores (como cuando nos cortan el pelo para que nos salga más fuerte).

Trasplante:

1. Prepara el nuevo recipiente con tierra y deja espacio para las raíces (mídelo con la otra maceta).

2. Si la planta tiene hojas largas o fáciles de romper, átalas con un cordoncillo.

3. Mete el cuchillo entre la maceta y la tierra para separarlas suavemente. ¡Con cuidado, no dañes las raíces!

4. Sujeta la planta del tallo con una mano y con la otra saca la maceta ¡despacio!

5. Corta sus raíces con las tijeras, pero ¡sólo un poco!

6. Pasa la planta al nuevo recipiente, con cuidado.

7. Cúbrela con tierra y riégala, ¡pero no abones hasta pasado un mes!

Poda:

Para podar un tallo deberás cogerlo con cuidado (mejor con guantes) y cortarlo con las tijeras justo por encima del nudo más cercano, y un poquito inclinado.

13

Lo que sé para cuidar mis plantas :

Hay distintas formas de obtener plantas nuevas. Algunas se reproducen de varias maneras, otras sólo de una.

Por semillas

Es la forma más común de reproducirse, pero no la más fácil. El crecimiento suele ser muy lento y necesitan muchos "mimos".

Consigue semillas de las plantas (suele haber muchas caídas a sus pies) o de los frutos, (deberás "raspar" el hueso para que pueda brotar); también las venden en las floristerías.

Por esquejes

Es muy sencillo conseguir así plantas nuevas.

Corta un tallo, como si lo podaras, y mételo en un vaso con agua hasta que eche raíces, o plántalo en tierra. En los dos casos debes meter un "nudo", del que saldrán las raíces.

Por bulbos

Los bulbos son grupos de hojas muy gordas que guardan alimento para que la planta crezca; nacen entre el tallo y las raíces, bajo tierra.
Los venden en floristerías; hay otros en casa como la cebolla y el ajo.

Se suelen sembrar en invierno para que florezcan en primavera.

Los puedes meter bajo tierra, en una maceta mediana, o ponerlos en agua en un recipiente especial.

14

Haz germinar legumbres (lentejas, garbanzos, etc.) poniéndolas en un algodón húmedo (cúbrelas para que no les dé luz), ¡observa su desarrollo! O plántalas en tierra (en una maceta pequeña, como un envase de yogur).

Si son semillas compradas sigue el "modo de uso" del paquete.

Por división

Es una forma más difícil de reproducción, y que pocas plantas admiten.

Saca la planta de su maceta (como si fueras a trasplantarla) y, ¡con mucho cuidado!, sepárala en dos plantas (si es necesario córtalas con un cuchillo), sembrando cada una en un recipiente.

Por tubérculos

Los tubérculos también almacenan alimento para crecer; nacen en las raíces y tallos, bajo tierra.
Algunos se venden en tiendas; hay otros en casa como la patata, la zanahoria y la batata. El "rizoma" es parecido al tubérculo.

Lo que sé para cuidar mis plantas :

Es muy importante que des bien de comer a tus plantas para que estén sanas, con el riego, la tierra y el abono que cada una necesita.

Las plantas tienen gustos diferentes para la tierra, según sean de interior o exterior. Puedes comprar la tierra preparada en las tiendas o mezclar una parte de mantillo, otra de turba y otra de arena.

Riego

Riega la planta mojando mucho la tierra (como si lloviese), pero no sobre las hojas, pues podrías romperlas. Las mojarás mejor con el pulverizador.

Es mejor regar con agua templada que con agua fría.

No dejes agua en el plato.

Cuando están naciendo hojas o flores, necesitan un poco más de agua.

¿A qué hora debemos regar?

 verano

invierno

Si la planta está muy seca, sumérgela en un cubo de agua hasta el borde del tiesto, espera que dejen de salir burbujitas de la tierra, y ponla a escurrir.

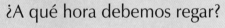

Echamos abono, o "fertilizante", porque la planta se va comiendo poco a poco el alimento de la tierra. Después de un tiempo (suelen ser dos años) no queda más y el abono no es suficiente para mantenerla. Entonces hay que poner tierra nueva.

Pregunta en la tienda qué abono es mejor para tu planta.

Abono

Hay tres tipos: "abono líquido" (se mezcla con agua), "abono en polvo" (se echa sobre la tierra) y "abono en pastillas o barritas" (se clavan dentro de la tierra). En los envases se explica cómo y cuánto hay que utilizar.

líquido

en polvo

pastillas o barritas

Ten mucho cuidado con los fertilizantes porque son venenosos. Úsalos siempre con un adulto y ponte guantes para no ensuciarte. Recuerda, ¡evita siempre su contacto con alimentos!

Lo que sé para cuidar mis plantas :

Hay veces en las que notamos que nuestras plantas no se sienten bien. Aprende a reconocer los síntomas que surgen:

Por falta de ...

Luz o Sol
Los tallos crecen muy largos y finos, las hojas se arrugan o les falta color.

Temperatura
Las hojas se vuelven marrones. La planta puede llegar a helarse. Si esto sucede, pulverízale agua fría y llévala a un sitio más abrigado.

Humedad
Las hojas de tus plantas estarán algo caídas. Dales una buena ducha con el pulverizador.

Agua
Caen sus hojas adultas, las otras empezarán pronto a marchitarse y la planta tendrá un aspecto triste. Las hojas nuevas serán muy pequeñas y oscuras.

Abono
La planta crece muy poco o sus hojas tienen manchas amarillas. Trasplántala a tierra nueva o abónala según lo necesite.

18

Tampoco es bueno pasarse con ninguno de estos cuidados, pues podemos llegar a perder nuestra planta. Anota lo que le va mejor a cada una y sabrás en qué te has equivocado.

Por exceso de ...

Luz o Sol

Sus hojas pierden el color o se queman (el borde está marrón) y las raíces se secan. ¡Las plantas también pueden usar sombrilla aunque no vayan a la playa!

Agua

Las hojas se ponen amarillas y se caen; las más bajas y los tallos se ponen negros o salen manchas verdes en la maceta.

Temperatura

Su aspecto es triste (hojas hacia abajo) y está muy débil (sus tallos están blandos).

Humedad

Salen manchas grises en los tallos y en las hojas, por los hongos y las bacterias. Llévala a un sitio más seco o pon cerca algo que absorba esa humedad (como terrones de azúcar).

Abono

Los brotes nuevos salen muy estirados. En el borde de la maceta sale tierra "blanca". Quítala y no abones durante un mes. Si la planta muere a los pocos días después de abonar, puede que hayas quemado las raíces.

Lo que sé para cuidar mis plantas :

Otro gran problema que pueden tener tus plantas son unos "animalillos" que vienen sin haber sido invitados. Observa las plantas cada poco tiempo para detectar la presencia de insectos y arañas.

¡ Invitados inesperados !

Mosca blanca

Parecen polillas en chiquitito, vuelan entre las hojas y se posan por detrás de ellas para alimentarse de la savia.

Ácaros

Son difíciles de "pillar" hasta que la planta está muy mal. Entonces notarás que se curvan los brotes y las hojas.

Mosca verde o pulgón

Viven en grupos y se extienden con rapidez. Comen con gusto la parte tierna de las plantas. Se esconden por detrás de las hojas.

Cochinillas

Parecen manchitas marrones. Su lugar preferido está detrás de las hojas y en los tallos, donde chupan la savia.

Cochinilla harinosa o algodonosa

Son como las otras, pero se cubren con un líquido blanco.

Cochinillas de raíz, gorgojos, lombrices, babosas, orugas y caracoles

Suelen meterse por el orificio de drenaje. Viven junto a las raíces y se las comen.

20

Separa la planta con "invitados", para que no contagie a las otras.
No te preocupes, hay productos especiales para cada uno de ellos. Recuerda,
usa los fertilizantes y los mataparásitos con un adulto, y ponte guantes y
mascarilla para no ensuciarte. ¡Evita siempre su contacto con alimentos!

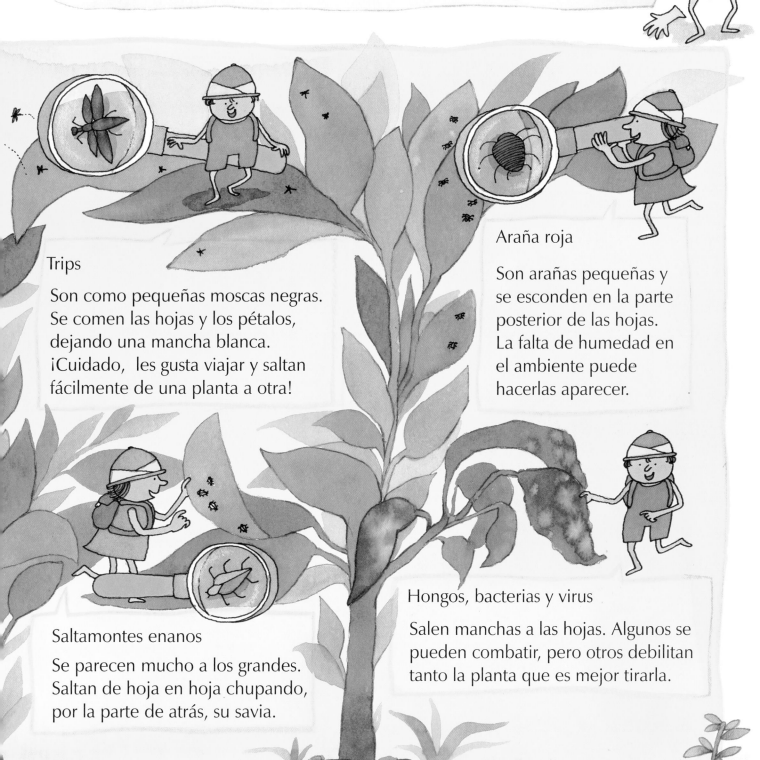

Trips

Son como pequeñas moscas negras.
Se comen las hojas y los pétalos,
dejando una mancha blanca.
¡Cuidado, les gusta viajar y saltan
fácilmente de una planta a otra!

Araña roja

Son arañas pequeñas y
se esconden en la parte
posterior de las hojas.
La falta de humedad en
el ambiente puede
hacerlas aparecer.

Saltamontes enanos

Se parecen mucho a los grandes.
Saltan de hoja en hoja chupando,
por la parte de atrás, su savia.

Hongos, bacterias y virus

Salen manchas a las hojas. Algunos se
pueden combatir, pero otros debilitan
tanto la planta que es mejor tirarla.

Viven dentro o fuera de casa:

Le dan también el nombre de "balsamina", "nicaragua", "adorno" o "miramelindo", pero se reconoce en latín como *Impatiens*. Su origen lo tiene en China, Malaisia, India y África oriental. Tiene muchas variedades, las más conocidas son:

Impatiens Walleriana o *Impatiens Sultani*

Flores blancas, rojas, rosas, y violetas; hojas color verde.

Impatiens Petersiana

Flores color carmesí; hojas color granate.

Impatiens Zig-Zag Mixed

Flores blancas, naranjas o rojas; hojas color verde.

Impatiens Fanfare

Flores rosadas; hojas amarillas y verdes.

En el interior, es un buen "bocado" para la mosca blanca, el pulgón y la araña roja.

En el exterior, si está en el jardín, es un plato exquisito para babosas y caracoles.

Impatiens Walleriana o *Impatiens Sultani*

Como a esta planta le gusta mucho la luz, el borde de la ventana es un buen lugar para vivir.

Impatiens Petersiana

Si tiene flores ponla en sitio fresco, así se mantienen más tiempo.

Con temperatura muy baja, es difícil que le broten flores.

En invierno es mejor que viva en el interior.

Impatiens Zig-Zag Mixed

22

Alegría de la casa

Impatiens Zig-zag Mixed

No eches el agua de la regadera sobre las flores porque se caerán. Mejor usa el pulverizador.

Esta planta necesita abono durante la floración, es decir, de junio a septiembre. Ten cuidado de que el fertilizante sea muy suave.

Como crece con mucha facilidad, no le importa que le podes en cualquier época.

Se reproduce por semillas (es un poco lento) o por esquejes.

Impatiens Fanfare

Después del cambio de maceta (el trasplante), tardará en florecer, pues les gusta tener las raíces bien extendidas y eso lleva algún tiempo.

Impatiens Fanfare

Poda sus tallos helados (hasta la parte sana). Elimina las hojas dañadas.

No necesitan recipientes grandes. Será suficiente uno la tercera parte de su tamaño.

Impatiens Walleriana o Impatiens Sultani

Viven dentro o fuera de casa:

La conocerás como cintas o cínticas, aunque su nombre en latín es *Chlorophytum*.
Su origen está en África del Sur.
Tiene tres variedades:

Lazo de amor variegado *Chlorophytum Elatum* (el borde de las hojas es blanco)

Vittatum Chlorophytum Comosum (tiene una línea central blanca)

Común *Chlorophytum Capense* (sus hojas son completamente verdes)

Le salen pequeñas florecillas blancas en las varas de reproducción.

En ocasiones puede sufrir el ataque de la araña roja o la cochinilla. Si lo descubres a tiempo, se recupera muy bien.

Si pierde color quizás tenga calor. ¡Llévala a un lugar más fresco!

La variedad *Comosum* puede crecer con poca luz o luz artificial.

Chlorophytum Elatum

Chlorophytum Comosum

24

Para que esté más sana, limpia sus hojas pulverizando agua y pasando un trapo suavemente.

Chlorophytum Elatum

Abónala una vez al mes en invierno, y cada semana en verano. Pero échale un abono suave.

No hace falta podar esta planta para que crezca. Sólo cortaremos sus hojas si se han puesto pardas. En este caso, procura no cortar la parte verde.

Chlorophytum Capense

Si sus hojas se doblan (con peligro de romperse) átalas un tiempo con un cordoncillo.

Las cintas precisan un recipiente tan voluminoso como la parte de las hojas, pues sus raíces son muy "abultadas".

Se reproducen de dos formas: por división de una planta adulta...

... o por plantitas.

Ten cuidado al desenredar las raíces. ¡No las rompas o perderás la planta!

Puedes dejar unida la plantita a las varas en las que nace, poniéndolas en un recipiente hasta que eche raíces. O cortarlas y plantarlas en su propia maceta.

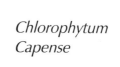

Chlorophytum Capense

Viven dentro o fuera de casa:

También se le llama planta de la moneda; el nombre científico es *Plectranthus*. Su origen está en la India y Suráfrica.

Las variedades más conocidas son:

| *Plectranthus Oertendahii* | *Plectranthus Coleoides* | *Plectranthus Australis* |

(con los nervios de la hoja blancos)

(borde de las hojas blanco)

(hoja totalmente verde)

Dicen que si está frondosa atrae la fortuna, pero el nombre viene por la forma de sus hojas: son como monedas.

Tienen pequeñas flores blancas y púrpuras.

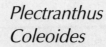

Con la edad sus hojas se vuelven violeta por detrás.

Tan sólo a los pulgones y a los trips les gusta visitar esta planta.

Plectranthus Oertendahlii

Si sus hojas se dirigen hacia la luz de forma brusca, gira la maceta un poco cada día.

Plectranthus Australis

Planta del dinero

Plectranthus Oertendahlii

Se riega una vez al mes en invierno y una vez a la semana en verano, siempre acompañado de abono.

Esta planta se puede hacer colgante o trepadora.

Si la quieres lucir como colgante deberás escoger un recipiente alto y ancho.

Si la hacemos trepadora, no importa la altura del recipiente pero debe tener mucha superficie.

Plectranthus Australis

La puedes reproducir por división o por esquejes de tallo.

Plectranthus Coleoides

La planta del dinero se poda para hacerla más frondosa y para aclarar sus ramas que suelen enredarse.

Quita las partes heladas o enfermas.

Plectranthus Oertendahlii

Viven dentro o fuera de casa:

 El "amor de hombre" tiene como nombre científico *Tradescantia*.
Es originaria del continente americano.
Entre sus variedades destacan:

Tradescantia Bossfeldiana

Tradescantia Fluminensis o *manchada*

Tradescantia Virginiana o *Albiflora*

Hojas con rayas blancas y envés violeta.

Hojas azul verdoso y envés violeta.

Hojas verde amarillo.

Tienen pequeñas flores en verano: blancas, rojas o púrpura, con pétalos simples o dobles.

El pulgón busca sus tallos más tiernos y la araña roja aparece cuando hay poca humedad en el ambiente.

Tradescantia Bossfeldiana

Nota en seguida los cambios de luz, tanto si le falta (crecen demasiado sus tallos), como si es excesiva (se ponen muy pálidas sus hojas).

Tradescantia Fluminensis o *manchada*

Amor de hombre

Abonar una vez al mes en invierno y cada quince días en verano.

Tradescantia Fluminensis o *manchada*

Estas plantas viven bien en recipientes cerrados o semicerrados.

Es una planta colgante y rastrera.

Poda las puntas de la planta si quieres que crezcan más hojas y ramas laterales. Se pondrá más frondosa.

Tradescantia Virginiana o *Albiflora Aurea*

Si por falta de luz se ha estirado demasiado algún tallo, córtalo.

Debes quitar la parte oscura de las hojas estropeadas.

La multiplicación se realiza por esquejes, cortando por encima de un nudo.

La variedad *Tradescantia Bossfeldiana* echa raíces más lentamente, por lo que tardará más en reproducirse de este modo.

Tradescantia Bossfeldiana

29

Viven dentro o fuera de casa:

Tiene dos nombres científicos:
Epipremnum Pinnatum aureum o Raphidophora (Scindapsus Aereus)

Su origen lo tiene en regiones cálidas de Asia, Australia, Islas del Pacífico y Madagascar. Entre otras variedades están:

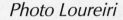

Photo Loureiri

Tallos lisos, muchas hojas alargadas y terminadas en punta.

Photo Scadens

Tiene dos variedades según el jaspeado de sus hojas:
"Marble queen" , en blanco.
"Golden queen", en amarillo.

Photo Seemanii

Se desarrolla con rapidez y sus hojas tienen forma de lanza.

El que se cultiva normalmente como planta de interior es el *Photo Scadens.*

Sufre el ataque de la araña roja y el moho gris cuando le falta humedad.

Photo Loureiri

Si pierden sus manchas de color es que necesitan un poco más de luz.

*Photo Scadens
"Marble Queen"*

Photo Seemanii

Acompaña los riegos de verano con abono. En invierno solo será necesario si ves que crece muy poco.

Puedes plantar el poto como planta colgante (en una maceta alta dejando caer los tallos a su aire)...

... o como planta trepadora (poniendo en el centro de la maceta una guía y enroscando alrededor sus tallos).

La podaremos para hacerla más frondosa.

Photo Scadens "Golden Queen"

Multiplicación muy simple por esquejes de tallo, la raíz sale de nudos que se ven claramente.

Photo Loureiri

Si la planta tiene muchos tallos puedes separarla en dos.

31

Viven dentro o fuera de casa:

También se llaman suculentas, porque sus tallos y hojas almacenan agua para sobrevivir en períodos de sequía.

Hay muchas especies, las más comunes son de los géneros *Crassula, Euphorbia, y Lithops* (aizoáceas).

Tienen su origen en distintos países, pero siempre en zonas cálidas.

Así pueden ser algunas de sus hojas:

Sedum

Argentea

Lampranthus

Caprobotus

Crásulas

Euphorbia Splendens

Aizoáceas

Pueden ser atacadas por la cochinilla algodonosa, en hojas y raíces.

Corona de Cristo

Euphobia Splendens

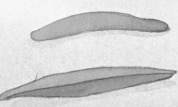

Aizoácea

Lampranthus Coccineus

32

Puedes poner tierra especial para plantas crasas.

Si cubres la tierra con piedrecitas, se mantendrá más húmeda.

Abona una vez al mes con los riegos de verano.

Kalanchoe Blossfeldiana

Usa recipientes poco profundos, sobre todo para las *Aizoáceas*. Las *sedum* (cualquier variedad) se pueden poner colgantes.

Flor de cuchillo o *Caprobotus Acinaciforme*
Aizoácea

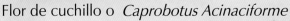

Sedum Sieboldii
Crásula

Sedum Morganianum
Crásula

Se reproducen por esquejes o separación de plantitas.

Trasplanta cada tres años (si las raíces no salen del tiesto).

No necesita poda, sólo que le quites las hojas enfermas.

Echeverría
Crásula

Argentea
Crásula

33

Viven dentro o fuera de casa:

Son plantas crasas con pequeños abultamientos, llamados "areola", de los que salen espinas o pelos.

Hay dos clases de cactus: los del desierto (origen en tierras de mucho sol y poca humedad) como los *Echinocactus, Mammillarias y Opuntias,* y los de la selva (de zonas lluviosas y protegidos del Sol) como el cacto de Pascua *(Rhipsalidopsis Gaertneri)* epifilo *(Epiphyllum)* o *Schlumbergera Truncata.*

Como son plantas crasas, les ataca la cochinilla algodonosa.

*Echinocactus
Biznaga*

Plumilla de Santa Teresa o cacto de Pascua

Rhipsadopsis Gaertneri

Cactus o cacto del desierto

El de las películas del Oeste.

*Opuntia
Microdasys*

Cactus o cacto de la selva

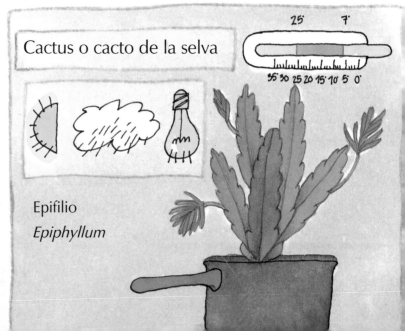

Epifilio
Epiphyllum

34

Cacto o Cactus

Venden tierra especial para cactus.

Asiento de la suegra
Echinocactus Grusoni

Cactus del desierto

Abona una vez al mes en verano.

Schlumbergera
truncata

Cactus de selva

Abona una vez al mes en época de floración.

No necesitan recipientes muy grandes.

Para florecer, sus raíces tienen que llenar la maceta.

Se reproducen por esquejes de hoja o tallo, semillas y separación de plantitas.

Cola de mico o de rata
Aporocactus Flagelliformes

Chumbera
Opuntia
Ficus-indica

No necesitan poda, tan solo eliminar las partes dañadas.

Mamilaria
Elongata

Pita o Maguey

Agave
Americana

Aloe
Variegata

35

Viven fuera de casa:

Se llama geranio al pelargonio, o, en latín, *Pelargonium*.
Su origen es africano, pero está muy extendido y
mezclado. Entre sus muchísimas variedades están:

Lo que huele son sus
hojas, no sus flores.

Pelargonium Hortorum o zonale

Hojas redondas, a veces con
un anillo marrón en el centro;
son suaves y con pelillos.
Sus flores forman ramilletes;
son rosas, rojas, malvas o
blancas.

Pelargonium Domesticum

Hojas verdes, blandas, con
pelillos, de bordes
recortados. Sus flores son
grandes y de color rosa, rojo,
malva o blanco.

Pelargonium Crispum

Hojas en forma de
abanico, con olor a
limón.

Pelargonium Peltatum

Llamado "geranio hiedra" o gitanilla,
tallos rastreros, hojas duras.
Sus flores sencillas o dobles, son
rojas, rosas o blancas, o mezcla.

Le ataca el moho gris, la
mosca blanca y el pulgón.

Pelargonium Peltatum

En invierno debemos cubrirlas
con una bolsa de plástico a la
que habremos hecho unos
agujerillos; de vez en cuando
la levantaremos para que no
vengan enfermedades.

No pulverices agua a geranios
de hojas con pelillos, si
quieres quitarles el polvo
pásales un cepillo suave.

Pelargonium Hortorum o Zonale

Geranio

Usa tierra para plantas de exterior.

Geranio flor de pensamiento
Pelargonium Domesticum

Abona con los riegos de verano.

Puedes poner como colgantes variedades como la gitanilla. Las otras necesitarán una maceta en relación a su tamaño.

Gitanilla
Pelargonium Peltatum

Se reproduce muy fácilmente, por esquejes.

Al plantar, riégale con poca agua o se pudrirá antes de echar raíces.

Si la cubres en invierno, pódala en primavera para que los brotes nazcan con más fuerza. Si no, pódala al finalizar la floración.

Pelargonium Crispum

Hierba sardinera
Pelargonium Zonale

Pequeños jardines

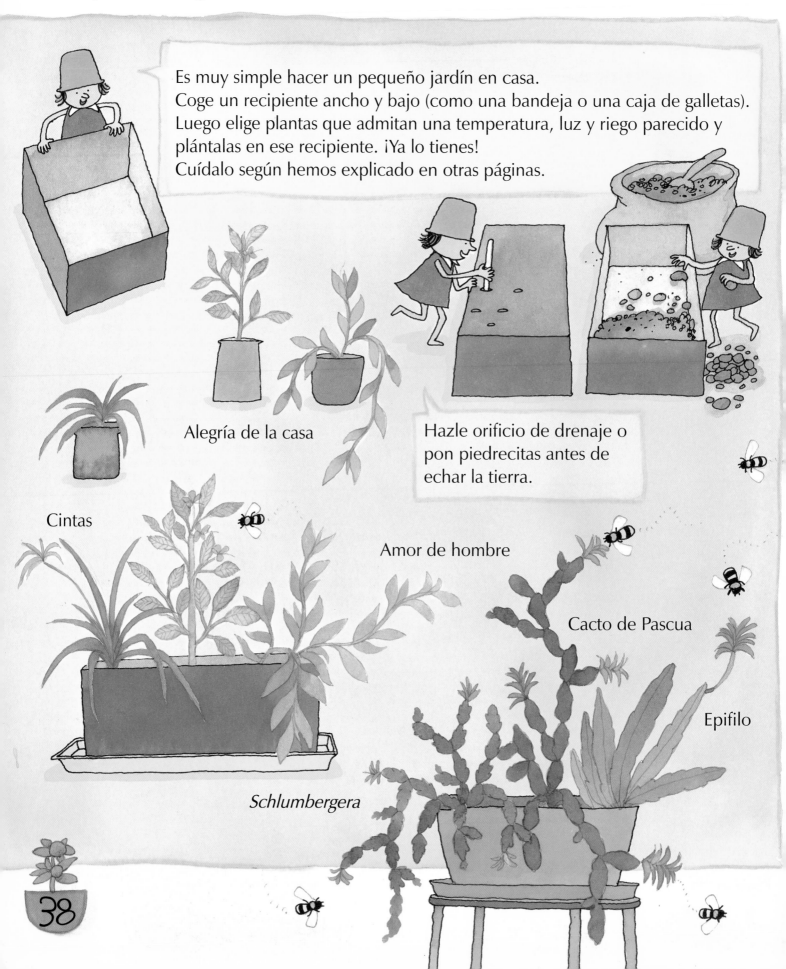

Es muy simple hacer un pequeño jardín en casa.
Coge un recipiente ancho y bajo (como una bandeja o una caja de galletas).
Luego elige plantas que admitan una temperatura, luz y riego parecido y plántalas en ese recipiente. ¡Ya lo tienes!
Cuídalo según hemos explicado en otras páginas.

Alegría de la casa

Hazle orificio de drenaje o pon piedrecitas antes de echar la tierra.

Cintas

Amor de hombre

Cacto de Pascua

Epifilo

Schlumbergera

Puedes usar recipientes cerrados como botellas o peceras y tendrás un invernadero, ¡pero ten en cuenta que necesitarán menos agua porque no tienen orificio de drenaje!

Une las herramientas que necesites con palillos (por ejemplo de comida china).

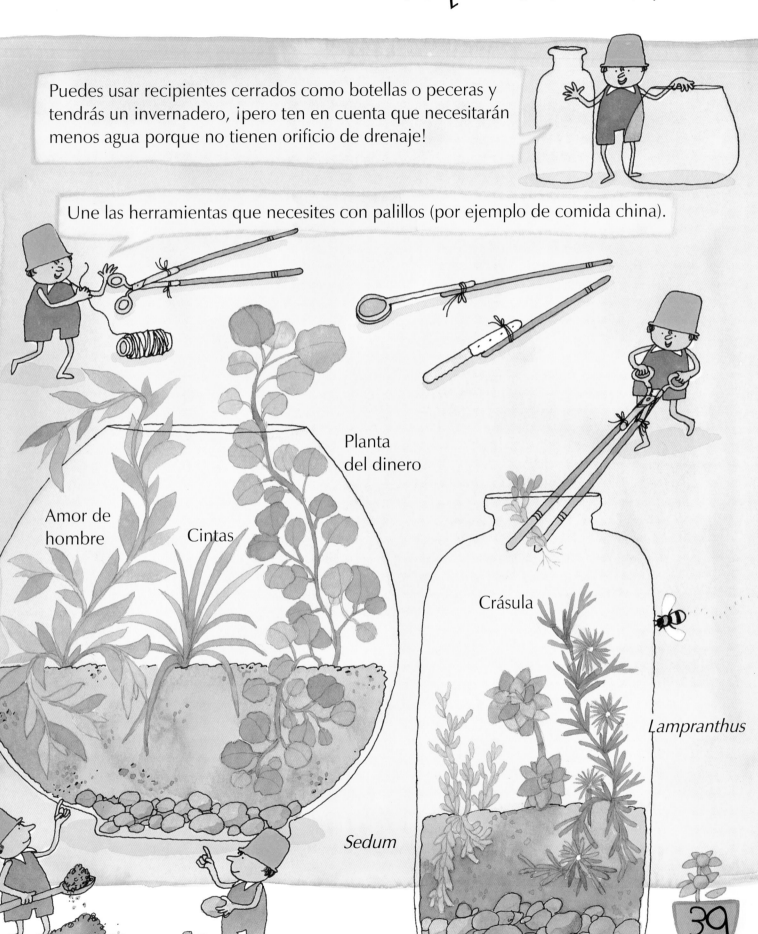

Planta del dinero

Amor de hombre

Cintas

Crásula

Lampranthus

Sedum

39

Plantas compradas y de andar por casa:

Muchas plantas nacen de semillas. Es fácil encontrarlas a sus pies. Otras se consiguen más fácilmente en las tiendas.

Para plantarlas sigue los pasos que te explico o bien las instrucciones que vendrán en el sobre de semillas.

Semillas de sobre o encontradas:

1. Prepara un recipiente bajo, con tierra de interior.

Pon las semillas separadas. Cúbrelas con arena.

2. Mete el tiesto en agua y déjalo escurrir.

3. Cúbrelo con una bolsa.

Colócalo en un sitio oscuro y cálido.

4. Si la bolsa tiene gotitas, quítala y pon una seca.

5. Al brotar las semillas, quita la bolsa.

Coloca el tiesto en un lugar con mucha luz.

6. Cuando hayan brotado tres hojas, plántalas, por separado, en otros recipientes.

40

En casa también podrás encontrar semillas: legumbres (garbanzos, lentejas, arroz, judías, etc.), cereales (maíz, trigo, etc.) o las pepitas de las frutas (manzanas, naranjas, peras, melón, sandía, etc.), que dan plantas y árboles muy curiosos.

Si tienen hueso (como el aguacate, el dátil, el melocotón, etc.) deberás rasparlo para que germine.

Semillas de casa:

Las legumbres germinarán en un algodón o arena húmeda, pues tienen un pequeño almacén de alimento.

Algunos huesos (aguacate, mango...) germinarán mejor si los pones primero en agua.

Humedece un trozo de algodón. Cubre la legumbre con él. Mételo en un bote de cristal sin tapa.

Pincha tres palillos en el hueso. Coloca la punta hacia arriba. Mételo en un vaso con agua.

1.

2.

Judía

1.

2.

Aguacate

A los pocos días verás aparecer la raíz y luego el tallo. Mantén húmedo el algodón. Cuando la plantita tenga un par de hojas, ponla en tierra.

Cambia a menudo el agua. Tardarán un tiempo en comenzar a salir las raíces (quizás un mes). Cuando brote, pásalo a un recipiente de tamaño medio.

Plantas compradas y de andar por casa:

Muchas flores nacen de bulbos. Se plantan al final del otoño y florecen en primavera. Se pueden "forzar" a florecer en invierno (plantando los bulbos al final de verano).

Cuando se marchiten, córtales las hojas y plántalos en el exterior para que vuelvan a brotar en la siguiente primavera (no pueden volver a florecer en interior).

Hazlo así :

1. Plántalos en un recipiente; deja una parte fuera.

2. Ponlos en sitio fresco y oscuro (para que echen raíces fuertes).

3. Cuando broten, pásalos a un lugar luminoso.

Bulbos comprados

Tulipán

Jacinto

Lirios

Azafrán

Narciso

Bulbos de casa

Cebolla

Ajo

Puerro

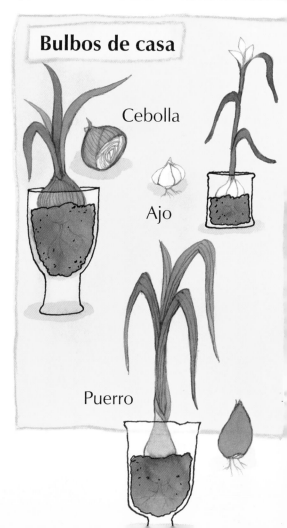

Tubérculos y Bulbos

Los tubérculos y rizomas se plantan al final del verano o en primavera, según te lo ponga en la etiqueta cuando los compres. Si los que vas a plantar están en casa, hazlo mejor en primavera (aunque con buena calefacción y luz te brotarán en invierno).

En las raíces de la nueva planta nacerán otros tubérculos, que podrás utilizar otro año.

Tubérculos comprados

Métalos en tierra de interior, en un recipiente profundo. Riégalos poco. Ponlos en un lugar con mucha luz.

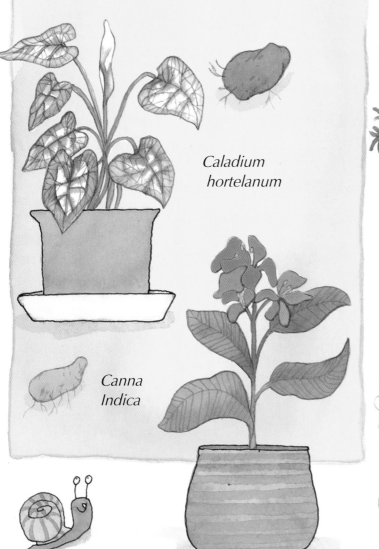

Caladium hortelanum

Canna Indica

Tubérculos de casa

Corta el trozo de tubérculo que tenga yemas (unos bultitos), y plántalo. Mantenlo húmedo y en oscuridad. Cuando brote, llévalo a un sitio iluminado.

Zanahoria

Batata

Rábano

Patata

Trucos y . . .

Teñir flores y ramas de colores

Con este truco se ve cómo llega la "comida" de las raíces a las hojas. Se llama "capilaridad".

Necesitarás:

Agua

Tijeras de punta redonda

Tinta de colores

3 vasos

Glicerina

Una flor blanca (como un clavel)

Una rama (eucalipto u otro que chupe mucha agua)

1. Corta el tallo en dos tiras...

2. ...mezcla el agua y la tinta...

3. ...mete los tallos en los vasos ¡y mira!

1. Mezcla agua caliente con glicerina...

2. ...mete las ramas en ella...

3. ...cuélgalas hacia abajo para que el color llegue a todas las hojas.

Teñir papeles o telas con plantas

El jugo de algunas plantas sirve para teñir, de forma sencilla, telas y papeles... fíjate cómo lo hemos hecho.

Necesitarás:

Cebolla, remolacha, lombarda, espinacas u otra verdura que suelte color al calentar el agua

Jugo de limón

Jabón

Un cazo

Bicarbonato

Botes de cristal

Un colador

Tela o papel

Vamos a jugar, por ejemplo, con la lombarda.

1. Corta trozos de lombarda y pide a un adulto que los ponga a hervir en un cazo con agua.

2. Déjalo enfriar y cuélalo, echando un poquito en cada tarro de cristal.

3. Pon en cada tarro un poquito de:

Bicarbonato   Jabón   Jugo de limón

4. Mete la tela o el papel en el bote del color que te guste.

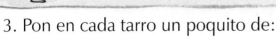

... verás como cambia de color...

Vocabulario

Aquí se explica lo que quieren decir algunas palabras y en qué página del libro están.

Abono o fertilizante:	alimento extra que se añade a la tierra de la planta en forma líquida o sólida.	8 - 13 - 16 - 17 - 18 - 19
Bacterias:	seres microscópicos que dañan las plantas.	19 - 21
Brotar o germinar:	nacer una planta de la tierra o salir en la planta "brotes" de un nudo en el que se desarrollan ramas, hojas o flores.	14 - 15 - 19 - 20 - 41
Clorofila:	color verde de los tallos y hojas de la planta que necesitan para trasformar los minerales de la tierra en alimento.	6
Esqueje:	parte que se corta de una planta para que nazca otra nueva.	6 - 14 - 23 - 27 - 29 - 31 - 33 - 35 - 37
Hongos:	seres microscópicos que dañan las plantas.	19 - 21
Nudo:	parte más gruesa del tallo desde la que salen ramas u hojas.	11 - 20 - 38
Orificio de drenaje:	agujero que los tiestos tienen en el fondo para que la planta expulse el agua que le sobra.	11 - 20 - 31

Vocabulario

Plaga:	grupo de parásitos que invaden una planta.	21
Podar:	cortar una parte de la planta.	4 - 8 - 12 - 13 - 14 - 23 - 25 - 27 - 29 - 31 - 37
Pulverizar:	echar líquidos (abono, mataparásitos, agua, etc.) en gotas muy pequeñas.	8 - 9 - 16 - 18 - 21 - 25 - 36
Recipiente:	cacharro que contiene la tierra en la que vive la planta.	10 - 11 - 13 - 23 - 33 - 35 - 38 - 39 - 40 - 42 - 43
Savia:	líquido de la planta que transporta el "alimento" de las raíces a otras partes.	6 - 20 - 21
Trasplantar:	cambiar una planta de un recipiente a otro.	4 - 9 - 12 - 13 - 18
Virus:	seres microscópicos que dañan las plantas.	21
Yemas:	pequeños bultos que se encuentran en distintas partes de la planta y de los que nacen tallos, hojas, flores o raíces.	7 - 43

ÍNDICE